抱抱龍，來以愛包容！

瑞秋．布萊特 (Rachel Bright) 著
克里斯．查特頓 (Chris Chatterton) 繪
潘心慧 譯

新雅文化事業有限公司
www.sunya.com.hk

小恐龍正向思維魔法繪本

抱抱龍，來以愛包容！

作者：瑞秋・布萊特（Rachel Bright）
繪圖：克里斯・查特頓（Chris Chatterton）
翻譯：潘心慧
責任編輯：黃偲雅
美術設計：李成宇、許鍩琳
出版：新雅文化事業有限公司
香港英皇道 499 號北角工業大廈 18 樓
電話：（852）2138 7998
傳真：（852）2597 4003
網址：http://www.sunya.com.hk
電郵：marketing@sunya.com.hk
發行：香港聯合書刊物流有限公司
香港荃灣德士古道 220-248 號荃灣工業中心 16 樓
電話：（852）2150 2100
傳真：（852）2407 3062
電郵：info@suplogistics.com.hk
印刷：中華商務彩色印刷有限公司
香港新界大埔汀麗路 36 號
版次：二〇二三年七月初版

ISBN：978-962-08-8236-4
Original Title: *The Hugasaurus*
First published in Great Britain in 2021
by The Watts Publishing Group

18/F, North Point Industrial Building, 499 King's Road, Hong Kong
Published in Hong Kong SAR, China
Printed in China

紫色的抱抱龍
帶着**愉悦**的心情，
輕快地跳過草叢，
回頭給了爸爸一個**飛吻**。

今天是個
特別的日子，
是認識新朋友
的一天！

還可以
跑來跑去，
玩捉迷藏
和角色扮演！

抱抱龍從沒試過

跟恐龍爸爸分開……

但她對外面的世界

充滿了**好奇**和**期待**。

在**閃爍**的陽光下，
抱抱龍跑呀跑，
很快便看見其他小恐龍
正在玩耍，很是**熱鬧**！

「哈囉！」她滿臉**笑容**，

揮着手叫他們。

所有小恐龍同聲地說：

「嗨！快過來！
一起玩吧！」

她一個一個打招呼，

並把名字告訴他們。

他們玩着各種遊戲，
邊玩邊笑，十分**融洽**。

起初一切都很**美好**，
他們還一起滑滑梯。
但……玩捉迷藏時，
該輪到誰躲起來呢？

一點點的爭吵，

越發不可收拾；

這些小恐龍

開始**大吼**

又**大叫**！

「我先！」一隻小恐龍說。

「不，

我先！」

另一隻說。

然後他**生氣**地跺腳，

把弟弟嚇了一大跳！

「我不要跟你玩了！」
一隻**暴躁**的小恐龍大叫。

「你**總是**破壞一切！」
另一隻恐龍說。

抱抱龍感到不知所措！

唉呀！

唉呀！

唉呀！

怎麼才能把**爭吵**趕走？
把**陽光**找回來呢？

這時，一隻毛茸茸的鴨嘴獸
正好一搖一擺地路過；
他在抱抱龍身邊停下，
專注地看着她……

「想一想，」聰明的鴨嘴獸說，
「你的爸爸會怎麼做？
是什麼讓你感覺好很多？
……你也可以**試一試**！」

抱抱龍想起一件事
讓她感到很**溫暖**：
每次傷心難過，
爸爸都會給她一個……

……擁抱。

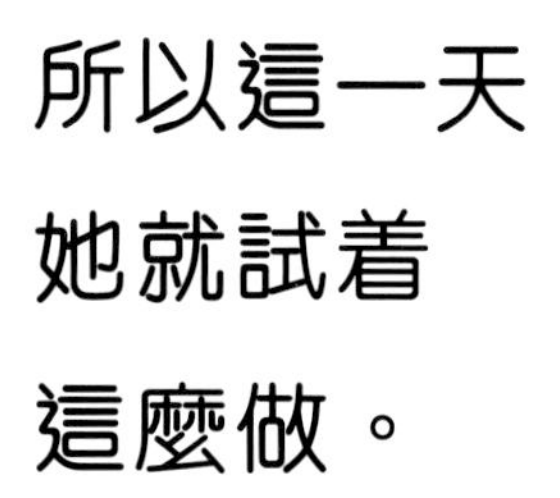

所以這一天
她就試着
這麼做。

她**擁抱**小恐龍們……

一個……

接……

一個……

慢慢地，小恐龍不再爭吵，

他們想起了一起玩的**樂趣**。

這是多麼奇妙！不僅如此，

連草兒也**快樂**地搖擺起來！

小伙伴們，一起玩捉迷藏；
輪流躲藏，心情特別**愉快**！

如果起了爭執，
他們都答應要**友善**，
要**多冷靜**
（少任性）！

我們的抱抱龍
感染了其他小恐龍；
幾個小小的擁抱，一下子
竟然變成了**好多好多擁抱**！

在你選擇

不計較，

或者**抱一抱**時，

你就不需要

跺腳；

也不會想噘嘴

或大叫！

還有，你選擇去
善待別人時，
說不定就能**改變**
一個人；

而因此，說不定有一天
這個世界會變得……

……友愛和諧！